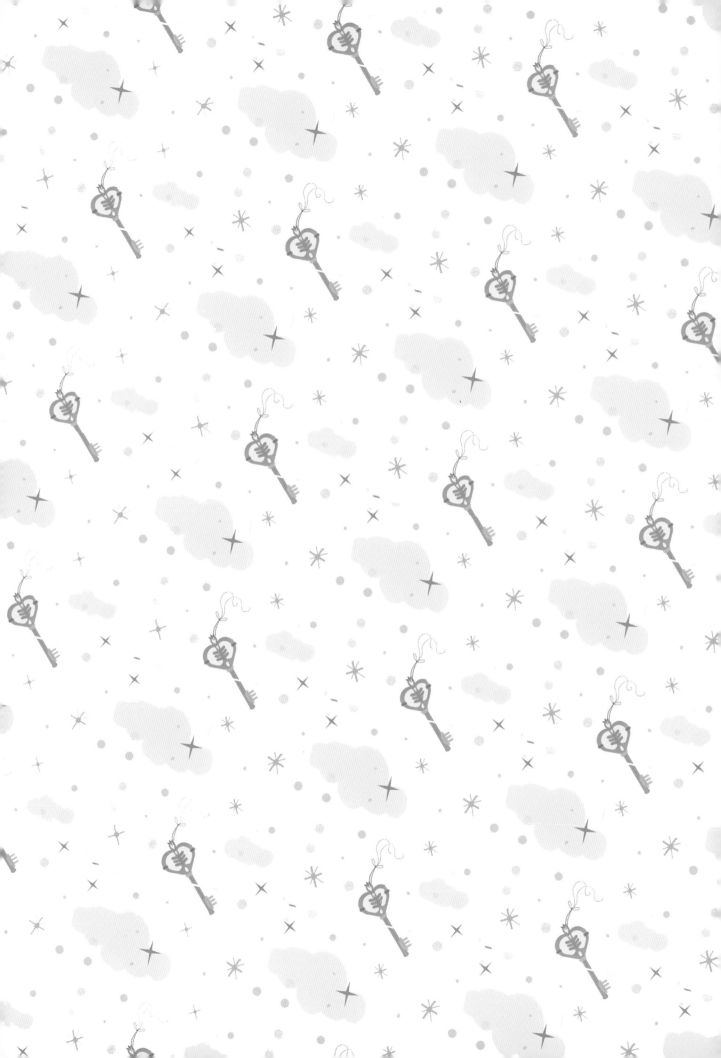

ALEGRES Y FELICES

Tres cuentos para aprender a quererse

A nuestras madres, Elisa y Nicky,
por ser la mejor guía y por seguir
inspirándonos cada día.

P. M. y Á. A.

Patry Montero y Álex Adróver

ALEGRES Y FELICES

Tres cuentos para aprender a quererse

Ilustraciones de
Beatriz Barbero-Gil

Papel certificado por el Forest Stewardship Council®

Penguin
Random House
Grupo Editorial

Primera edición: marzo de 2021

© 2021, Patricia Montero y Álex Adróver
© 2021, Penguin Random House Grupo Editorial, S. A. U.
Travessera de Gràcia, 47-49. 08021 Barcelona
© 2021, Beatriz Barbero-Gil, por las ilustraciones

Printed in Spain – Impreso en España

ISBN: 978-84-488-5728-8
Depósito legal: B-20.661-2020

Diseño y maquetación: Magela Ronda
Impreso en Talleres Gráficos Soler
Esplugues de Llobregat (Barcelona)

BE 5 7 2 8 A

Índice

INTRODUCCIÓN

Hola y ¡bienvenido a nuestro libro!

Me gustaría empezar dándote las gracias. Gracias por tener este libro entre tus manos y gracias por tu curiosidad y atención. Álex, Lis, Layla y yo misma, la familia Adróver-Montero al completo, nos sentimos alegres y felices de que nos permitas compartir contigo un poquito de nosotros, de nuestras vidas y de nuestra manera de caminar por el mundo.

Nos hemos planteado este libro como un reto personal. Hemos ideado y escrito estos cuentos con la intención de explicar, de una manera creativa y divertida, los tres pilares sobre los que basamos la educación de nuestras hijas y, por qué no, también nuestra «educación» como padres. Para nosotros, la felicidad de nuestras hijas se logra cuando conseguimos equilibrar tres tipos de bienestar: el emocional, el físico y el espiritual. No te asustes, es más sencillo de lo que parece.

No te descubro ningún secreto al afirmar que educar a los hijos es una tarea complicada y emocionante a partes iguales. No hay una fórmula mágica, no existe una manera única, unas instrucciones que solucionen todos los problemas con los que seguro se van a encontrar en la vida. Yo he aprendido que la mejor manera de superar los obstáculos es el amor y el buen humor. En nuestro día a día nunca faltan los besos, las sonrisas, los abrazos... Una sonrisa puede hacer que el miedo desaparezca, un abrazo puede aliviar el dolor y un beso puede hacer que la tristeza se esfume.

Con este libro hemos querido aportar nuestro granito de arena para ayudarte en la compleja tarea de educar a los hijos. Y no solo educarlos en el sentido escolar de aprender y acumular conocimientos, sino en el sentido más

humano y universal de aprender a ser personas alegres, felices, con una buena autoestima y la capacidad de afrontar retos, problemas o situaciones difíciles. Sé que no es una tarea fácil, pero también sé que no es una tarea imposible. La vida es un viaje emocionante y está en nuestras manos hacer que el camino sea alegre y feliz.

Como ya sabes, soy una entusiasta del yoga. En esta práctica he encontrado la herramienta perfecta para meditar, encontrar la calma y un equilibrio físico, emocional y espiritual que me ha ayudado muchísimo a ver y vivir la vida de una manera alegre, feliz y plena. Este libro no es un tratado de yoga, pero en él encontrarás las explicaciones necesarias para empezar a practicar y me sentiré satisfecha si consigo despertar en ti la curiosidad por saber más sobre el yoga.

Espero que estos cuentos os ayuden a ti y a tu familia a encontrar un cierto equilibrio y te proporcionen herramientas para hacer más sencilla y divertida la apasionante y necesaria tarea de aprender a quererse.

¡Namasté!

Hoy vamos a hablar con los árboles

Aquella mañana, como de costumbre, Patry se levantó temprano para caminar hasta la playa y saludar al sol. Le gustaba empezar el día practicando yoga junto a la orilla. Le divertía ver cómo el sol bostezaba y se desperezaba con los ojos llenos de legañas. Es probable que no lo sepáis, pero al sol no le gusta nada de nada madrugar.

Patry empezó con unas cuantas respiraciones profundas y, enseguida, dejó de escuchar sus pensamientos, para atender solo a su respiración. Ese era el gran aprendizaje del yoga: lograr silenciar el ruido de la mente para centrarse únicamente en el ejercicio. Una manera especial de meditar y encontrar la calma que a Patry le encantaba. Al terminar, acercó las manos al pecho y susurró «Namasté», la palabra antigua que se utiliza para saludar y dar las gracias.

Patry se quedó un rato más, ensimismada, mirando las olas. El olor del mar le hizo pensar en tesoros hundidos, sirenas y barcos pirata. No sé si os ha pasado alguna vez, que empezáis a pensar en barcos pirata y, sin saber cómo ni por qué, acabáis pensando en peces voladores, y luego en helados de piña, y luego en los deberes del cole, y luego en aquel gato negro que visteis una vez subido a un árbol y así hasta el infinito. Pues algo parecido le pasaba a Patry cada mañana al acabar sus ejercicios. Sus pensamientos empezaban a moverse de una manera especial hasta que, de

repente, una frase se hacía más y más grande, como queriendo que Patry se diera cuenta de que era una idea superimportantísima. Y, una vez más, eso fue lo que sucedió. Apareció una de esas ideas locas que tanto les gustaban a Patry, a Álex y a las niñas: «Las mejores cosas de la vida necesitan tiempo para florecer».

Patry sonrió. Ya sabía cuál iba a ser el plan familiar para el día y sería una aventura de lo más increíble. Le dio las gracias al sol y emprendió con paso alegre el camino de vuelta a casa. Álex y las niñas la estarían esperando con el desayuno en la mesa y ella les llevaba la semilla de una nueva aventura.

* * *

—¡Buenos días, princesas! ¡Buenos días, mi amor! —saludó Patry repartiendo abrazos y sonoros besos.

Las niñas estaban sentadas a la mesa de la cocina. Como cada sábado, Álex había preparado uno de sus desayunos especiales superpositivos, megaenergéticos y arrancasonrisas a base de tortitas de avena con aguacate, plátano y sirope de agave. «Nunca se sabe qué puede pasar un sábado —solía decir—, así que mejor empezar el día con una buena ración de vitaminas y energía positiva… por si acaso». Álex tenía mucha razón. Aquella mañana, nada más ver a Patry entrar sonriente en la cocina supo que la familia volvería a vivir otro de sus emocionantes y ajetreados sábados.

—¿Qué se te ha ocurrido esta vez? —preguntó abrazando a Patry. A Álex le encantaba cuando ella volvía de la playa con una idea loca en la cabeza.

—Preparad las mochilas. ¡Hoy vamos a hablar con los árboles! —anunció Patry.

—¡Bieeennn! ¡Árboles! ¡Nos vamos de excursión! —gritaron a la vez Lis y Layla.

—No exactamente… —puntualizó Patry con una sonrisa encantadora y misteriosa—. Vamos a… Pero no, no os lo voy a contar, ya lo veréis. Solo os diré que la llave mágica ha empezado a brillar y eso significa que…

—¡Aventuras mágicas! —saltó Lis con los ojos muy abiertos. Le parecía que había pasado un millón de años desde la última vez que usaron la llave mágica, que abría las mejores aventuras, pero las mejores de verdad.

—Anda, a ver si puedes sentarte un rato y desayunar —dijo Álex con tono cariñoso—, primero los besos y las vitaminas y luego las aventuras.

—¡Vámonos YA! ¡Yo quiero hablar con los árboles! ¡Dame la llave, lo hago yo! —pidió Lis, que era tan inquieta e impaciente como su madre y prefería cien mil veces más corretear por el bosque o la playa que quedarse en casa sentada.

—Uyuyuy, que me parece que has dejado entrar a la Prisa. Acuérdate: la Prisa es un monstruo tontorrón que te enreda los cordones de los zapatos y te hace tropezar —bromeó Álex, que siempre sabía cómo tranquilizar a su hija—. ¡Hay que echar a la Prisa! ¡Deprisa!

—¡Deprisa no, papá! —rio Lis—. Haaayyy queee hablaaarrr muuuyyy muuuyyy despaaacio… y comeeerr muuuyyy muuuyyy despaaacio… Paaaraaa queee la Priiisaaa seee abuuurrraaa y seee vaaayaaa…

—Yooo tambiiiééénnn quiiierooo haaablaaarrr asííí y queee se vaaayaaa el monstruo tontorróóónn… —continuó el juego Layla, que no entendía mucho de qué iba el asunto, pero le parecía divertido.

Y así, entre risas, juegos, besos y vitaminas, el tiempo pasó despacio y a la vez deprisa y, en menos de lo que se tarda en decir «lárgate con viento fresco, monstruo tontorrón», toda la familia estaba preparada para salir a hablar con los árboles.

—¡Aplauso al cocinero! —exclamó Patry—. ¡Gracias por el mejor desayuno del mundo!

—¡¡¡Sí!!! —gritaron a coro las niñas—. ¡Gracias por el desayuno!

—Gracias, gracias, gracias —contestó Álex haciendo grandes y exageradas reverencias.

* * *

Antes de seguir contando esta historia, es necesario explicar qué es esa llave supuestamente mágica que tanto echaba de menos Lis.

Algunas llaves abren puertas, otras abren cajas, otras candados... Cada cerradura tiene su llave y cada llave su cerradura. Las llaves son muy orgullosas y un poco pedantes, les gusta tener las cosas ordenadas: giras a la derecha o a la izquierda y se abre y se cierra, así de sencillo. Pero resulta que existen unas cuantas llaves que abren puertas mágicas que llevan a otro mundo: el mundo de la imaginación. Este tipo de llaves tan peculiares son extraordinariamente difíciles de encontrar, pues solo aparecen cuando los aburridos humanos dejan de ser aburridos y se atreven a vivir aventuras

mágicas. Pues bien, resulta que en casa de Patry y Álex aún tienen una de esas llaves tan buscadas y preciosas. Y los días en los que Patry volvía de la playa con una idea extravagante en la cabeza, la llave brillaba de emoción y una puerta mágica aparecía de repente en algún lugar de la casa.

—¿Alguien sabe dónde está la llave? —preguntó Álex—. La última vez la dejamos en la caja de la chimenea, pero ya no está.

—¡¡¡Se ha vuelto a escapar!!! —adivinó Lis—. Está jugando al escondite. Quiere que yo la encuentre, así podré abrir yo la puerta.

A las llaves mágicas les encanta esconderse, es su manera de averiguar si realmente quieres vivir una nueva aventura. Lis conocía muy bien a su llave mágica, así que sabía que le gustaba ocultarse en los sitios más extraños de la casa; cuanto más escondida estaba, más emocionante sería la

aventura… Lis no podía dejar de buscar y empezó a revolver toda la casa, empezando por el salón. Volaron cojines, revistas, libros… En apenas cinco minutos parecía que un huracán había entrado por la puerta de la habitación y lo había dejado todo patas arriba.

—Lis, Lis, Lis —intentó tranquilizarla Álex—. Esa no es manera de buscar, lo único que estás haciendo es desordenarlo todo y seguro que la llave se está tronchando de risa en su escondite… Párate a pensar un poco. Y antes de nada vuelve a dejarlo todo en su sitio.

—Pero papá… —protestó Lis—. Eso me llevará mil años…

—Pues entonces será mejor que empieces ya. ¿Qué tal una canción para animar la tarea? —sugirió Álex chasqueando los dedos y tarareando una de sus melodías preferidas.

Mientras Lis cantaba y ordenaba el caos del salón, Patry y Álex continuaron buscando la llave traviesa, ¡a saber dónde se había escondido! Estaban todos tan ensimismados en su tarea que no se dieron cuenta de que la pequeña Layla estaba muy tranquila sentada junto a la chimenea jugueteando con un objeto brillante que, al parecer, había encontrado debajo de la alfombra.

—Mira quién tiene la llave —sonrió Álex cuando un rayo de sol entró por la ventana e iluminó el objeto que su hija tenía en las manos—. Parece que esta vez la llave quiere que sea Layla quien abra la puerta.

—¡No es justo! —protestó Lis—. ¡Me tocaba a mí! ¿Por qué nunca me toca a mí? Layla es muy pequeña, no se entera. ¡Es injusto! ¡Muy injusto!

—Las protestas y las quejas no arreglan nada, Lis, ya lo sabes —dijo Patry abrazando a su enfurruñada hija—. Si la llave no te ha elegido a ti ahora, no pasa nada. Y no es cierto que nunca te toque a ti: ¿recuerdas cuando fuimos al Polo Norte? ¿Y cuando nadamos con las sirenas? Todas esas veces eras tú la que tenía la llave... y nadie protestó ni dijo que era injusto. No vale acordarse solo de cuando pierdes o las cosas no salen como tú quieres, también hay que pensar en todas las veces en las que ganas.

En el fondo, Lis sabía que su madre tenía razón. Pero a veces pasaba que cuando se le metía un enfado dentro del cuerpo le costaba mucho dejarlo salir y solo podía pensar en cosas feas.

—Si tuvieras que elegir... —propuso su padre—, ¿qué preferirías? ¿Quedarte todo el día enfadada en tu habitación o venir con nosotros a hablar con los árboles? ¿Qué te apetece más? Tú eliges.

—Los árboles, claro —contestó Lis. Seguía enfadada, pero no tanto como para no saber cuál era el plan más divertido.

—¡¡¡Bien!!! —gritaron todos levantando los brazos—. ¡¡¡Lis ha elegido árboles y buen humor!!! ¡Menos mal! Pensábamos que tendríamos que quedarnos enfadados en casa todo el día. ¡Menudo aburrimiento!

Lis no pudo evitar sonreír, las payasadas de sus padres siempre le devolvían el buen humor.

—Pues vamos allá. Solo falta encontrar la cerradura para la llave —dijo Álex—. Espero que no nos lo ponga muy difícil.

A veces, la llave elegía la puerta de un armario, otras, la puerta de una habitación, la del trastero, la del jardín y en una ocasión incluso eligió la cerradura de una pequeña cajita donde Lis guardaba las conchas que se encontraba en la playa, fue realmente difícil entrar por ahí. Esta vez, quizá porque hacía mucho calor, la llave eligió una puerta muy curiosa...

—¡Mamá! ¡Papá! —llamó Lis—. Encontré la puerta, ¡es la nevera! ¡Le ha salido una cerradura!

—Vaya, vaya..., así que esta llave tiene ganas de jugar... Pues vamos allá —dijo muy animado Álex.

* * *

En el interior de la nevera no había comida, ni yogures, ni las sobras de la cena de ayer. En su lugar había un precioso bosque por el que se deslizaba un arroyo que parecía invitar a refrescarse los pies.

—Bienvenidos, bienhallados, bienllegados —saludó una extraña voz.

—¡Maestro Vrksasana! —exclamó Patry muy emocionada—. ¡Qué alegría encontrarle aquí! Niñas, saludad al maestro.

—Hola, Maestro Vrsasasa, Maestro Vrksna, Maestro Vrakasana... —saludó Lis, intentando pronunciar el nombre que había dicho su madre.

—Maestro Vrksasana, cariño —la ayudó Patry—. Es el nombre de la postura del árbol, ¿la recuerdas?

—Puedes llamarme Maestro Árbol —dijo con un guiño cómplice—. Tengo entendido que habéis venido a hablar con los árboles, ¿cierto?

—¡Árbol! —exclamó, de repente, Layla, lanzándose sin pizca de vergüenza a los brazos del Maestro Árbol.

—Efectivamente. Soy un árbol. De la raíz a las ramas más altas —confirmó en tono de broma.

A Lis le llamó mucho la atención la voz del Maestro Árbol, sonaba vieja y rugosa como la corteza que le envolvía el tronco.

—Debe de ser un árbol muy muy pero que muy muy viejo —dijo Lis, casi sin pensar—. Por lo menos debe de tener tres o cuatro mil años...

—¡Jo, jo, jo! —rio el Maestro Árbol—. ¡No tanto, pequeña! Pero tienes razón, soy uno de los árboles más viejos de este bosque. Se necesita tiempo para crecer y convertirse en un árbol fuerte y sabio.

—¿Cuánto tiempo? —preguntó, curiosa, Lis.

—Bueno, eso depende del árbol... Dime, Lis, ¿cuántas cosas sabes de los árboles? —preguntó el maestro mientras cogía a la niña de la mano y empezaban a caminar.

—Mmm, pues sé que dan frutas y flores, y que puedo colgar un columpio de las ramas, y que dan una sombra muy fresquita, y que hay que regarlos...

Mientras paseaban, el Maestro Árbol iba saludando a otros árboles con los que se iban encontrando. Unos eran pequeños y apenas tenían hojas, y otros eran enormes y tenían las ramas cubiertas de hojas, flores, pájaros y ardillas. En aquel bosque, parecía que no había dos árboles iguales.

—Pues sí, todo eso que dices es cierto, pero además... —el Maestro Árbol miró a Lis con ojos traviesos—. Diría que la mejor manera de saber cómo es un árbol es... ¡siendo un árbol! ¿Queréis probar?

—¡¡¡Síííí!!! —contestaron a la vez Lis y Layla.

El Maestro Árbol chasqueó los dedos, bueno, mejor dicho, chasqueó las ramas y, de repente, Lis y Layla ya no eran Lis y Layla, se habían convertido en dos pequeños árboles.

—¡Mirad! —exclamó Lis—. ¡Tengo manzanas!

—Y yo, hormiguitas —rio Layla—. Me hacen cosquillas.

Patry y Álex observaban, divertidos, la escena. Parecía que las niñas estaban encantadas con esta nueva aventura y, la verdad, es que las dos se habían convertido en un par de preciosos árboles.

—¿Puedo coger una de tus manzanas? —bromeó Álex—. Tienen muy buena pinta...

—¡Claro que sí! Pero solo si la comes con cariño —dijo, muy seria, Lis—. Cuesta mucho hacer crecer una manzana, papá.

—Efectivamente, pequeña —afirmó el Maestro Árbol—. Acabas de aprender una gran lección: para que tus manzanas o cualquier otra fruta crezcan en las ramas de los árboles, hace falta tiempo y esfuerzo. No hay máquinas que fabriquen manzanas, solo los árboles saben hacerlo y, aunque os parezca algo muy fácil, en realidad es una tarea muy muy delicada.

Patry, Álex y las niñas estaban tan entretenidos escuchando las palabras del Maestro Árbol que no se dieron cuenta de que el cielo se había cubierto de nubes y, de repente, una ligera lluvia comenzó a caer sobre el bosque mágico. Las ramas de Lis, Layla y del viejo maestro empezaron a llenarse de pájaros, ardillas y mariposas que buscaban refugio entre ellas.

—Será mejor que *os resguardéis* de la lluvia —sugirió el Maestro Árbol, extendiendo sus ramas—. Aquí abajo estaréis a salvo.

—Los árboles somos amigos del viento y la lluvia —aseguró, muy convencida, Layla.

—¡Jo, jo, jo! —rio el Maestro Árbol—. ¡Pero qué rápido aprendéis! Tienes toda la razón, querida niña. Nuestro tronco es sólido y firme, y nuestras ramas son el refugio perfecto para los animales del bosque. Los árboles somos generosos con todas las criaturas de la naturaleza… Excepto cuando hay tormenta —advirtió el maestro—, entonces es mejor que volváis a casa, los rayos son peligrosos incluso para nosotros.

Por suerte para todos, la lluvia no se convirtió en tormenta y, al cabo de un rato, el sol consiguió asomarse entre las nubes para llenar el cielo con un enorme y mágico arcoíris de siete colores.

Patry y Álex decidieron que era el momento de regresar, ya habían vivido suficientes aventuras y, además, la llave había empezado de nuevo a brillar: quería volver a casa.

El Maestro Árbol chasqueó de nuevo las ramas y Lis y Layla volvieron a ser Lis y Layla.

—¿No podemos quedarnos un rato más? —preguntó Lis—. Me gustaba mucho ser un árbol…

—Yo también quiero quedarme… —pidió Layla.

—Podéis volver cuando queráis —dijo el Maestro Árbol—. Yo seguiré aquí enseñando a los árboles jóvenes… Son muy impacientes. Tienen prisa por crecer, quieren…

—La Prisa es un monstruo tontorrón que te ata los cordones de los zapatos y te hace tropezar —interrumpió muy seria Lis, no quería dejar pasar la oportunidad de demostrarle al Maestro Árbol todo lo que había aprendido.

—Tienes mucha razón, querida Lis —asintió el maestro—. Si te levantas pensando en lo que harás por la tarde y después te pasas la tarde pensando en lo que harás el día siguiente, ¿sabes lo que sucede?

—Que has dejado entrar a la Prisa…

—Pues eso mismo les pasa a algunos de mis árboles jóvenes… Han dejado entrar a la Prisa y se pasan el día enfadados, sin disfrutar del viento que mueve sus hojas, del canto de los pájaros que se posan en sus ramas o de las ardillas que corretean por su tronco.

—Tienes que decirles que hablen muuuyyy despaciooo… asííí… —aconsejó Lis—. Es la única manera de echar al monstruo tontorrón.

—¡Ja, ja! Lo haré —rio el Maestro Árbol, acariciando el cabello de Lis—. Muchas gracias por tus sabios consejos, jovencita.

—Venga, niñas —interrumpió Álex mirando el reloj—. Se nos ha hecho un poco tarde y…

—¿Es que tienes prisa papá? —preguntó, burlona, Lis.

—Prisa no, es que… ¡Ah! Vale, ahora lo pillo… Muy graciosa, Lis —dijo Álex echándose a reír.

Con prisa o sin ella, lo cierto es que se había hecho tarde. El sol ya empezaba a buscar cobijo detrás de las montañas y todos estuvieron de acuerdo en que preferían dormir calentitos y acurrucados entre las sábanas

de sus camas; además, las niñas empezaban a tener hambre, ¡necesitaban alimento para crecer y hacerse tan listas y fuertes como el Maestro Árbol! Regresaron paseando, alegres y felices, hasta el claro donde aguardaba la puerta por la que habían entrado al mundo mágico: ¡resultaba muy gracioso ver una nevera en medio del bosque!

—¿Quieres abrir tú la puerta? —preguntó Patry a Lis.

—¡¡¡Claro que sí!!! —respondió la niña, emocionada—. ¡¡¡Voy a hacer magia!!!

Lis metió la llave mágica en la cerradura, cerró los ojos para concentrarse y cuando estuvo lista, la giró. En el interior de la nevera seguía sin haber comida, ni yogures, ni las sobras de la cena, tan solo la cocina de su casa.

—Adiós, Maestro Vrksasana —se despidió Lis—. Espero que volvamos a vernos.

—Hasta pronto, jovencita. Estoy seguro de que volveremos a encontrarnos. Te deseo que crezcas alegre y feliz.

* * *

Aquella noche a Lis y Layla les costó mucho quedarse dormidas. Había sido un día demasiado emocionante como para dejarlo ir sin más. Querían recordar todos los detalles, cada palabra del Maestro Árbol, los colores de los pájaros, el olor de la hierba… Patry y Álex, sentados a los pies de la cama, intentaban tranquilizar a sus hijas, que se resistían a cerrar los ojos.

—Mamá, papá, ¿podremos volver al bosque? ¿Y podremos ir a otros bosques? ¿Cuándo volverá a brillar la llave? ¿Se gastará alguna vez? ¿Nos dará tiempo a ir a todos los sitios mágicos?

—Calma y tranquilidad —contestó Álex con un bostezo; al contrario que a sus hijas, a él sí se le cerraban los ojos—. Después de un día mágico, se necesita una noche mágica y eso solo se consigue durmiendo. Buenas noches, mis princesas. Os quiero infinito a las dos.

—Y recordad —siguió Patry—. Mañana será un día maravilloso, una tarde maravillosa, una semana increíble y no me voy a olvidar de sonreír.

Hoy vamos a viajar
al estómago

Sentada en la arena, muy cerca de la orilla, Patry respiraba profundamente mientras trataba de realizar sus ejercicios matinales de yoga. Algo no iba bien, le costaba mantener el equilibrio y su mente parecía estar en otra parte. No lograba concentrarse en la respiración. Abrió los ojos para mirar el horizonte, como buscando el motivo de su despiste mañanero. El sol se asomaba perezoso detrás de las olas; aquella mañana no brillaba ni calentaba como otros días. Se notaba que tampoco él se sentía demasiado bien.

—Buenos días, compañero —saludó Patry—. Me parece que hoy nos hemos levantado los dos con el pie izquierdo. ¿Tienes alguna idea de lo que nos pasa?

El sol, naturalmente, no contestó; era demasiado temprano y no le apetecía nada de nada ponerse a pensar. Patry, en cambio, quería saber por qué no conseguía concentrarse, así que cerró los ojos, respiró hondo, dejó pasar los pensamientos y los convirtió en imágenes, volando libres en busca de las respuestas. Vio a la abuela Nicky preparando una de sus deliciosas recetas, vio las tardes de verano en la piscina de Mallorca y a las niñas recogiendo los huevos de las gallinas, luego llegó la imagen de aquella vez que Lis tuvo dolor de estómago y se pasó la noche vomitando… y, entonces, apareció una de esas ideas locas que tanto les gustaban a Patry, a Álex y a las niñas: «Los exploradores más valientes viajan al interior de las cosas».

Patry sonrió, ya tenía su respuesta y, además, un nuevo plan para la familia. A veces un dolor de estómago puede convertirse en una gran aventura. Le dio las gracias al sol y volvió a casa alegre y sonriente. Álex y las niñas se iban a quedar con la boca abierta.

* * *

—¡Buenos días, princesas! ¡Buenos días, mi amor! —saludó alegre, como de costumbre, Patry.

Las niñas estaban sentadas a la mesa de la cocina devorando uno de los desayunos especiales superpositivos, megaenergéticos y arrancasonrisas que su padre preparaba todos los sábados.

—Uy, uy, uy, que me da en la nariz que has tenido una de tus ideas locas… —adivinó Álex con una sonrisa divertida—. Sea lo que sea, primero hay que desayunar.

—*¡Nozotrz ya hem ababado!* —intentó decir Lis todavía con la boca llena sin poder disimular su impaciencia—. *¿Podemoz id a buscad la xave máxica?*

—Lis, Lis, Lis… Mastica bien la comida. Recuerda que una buena digestión empieza en la boca —dijo Álex—. No querrás que te duela la tripa otra vez, ¿verdad, princesa?

—Hablando de dolor de estómago y de digestiones… —interrumpió Patry—. Veréis, seguramente algo que he comido me ha sentado mal y, cuando estaba en la playa intentando hacer yoga, he tenido una idea genial. ¡Estoy segura de que la llave ha empezado a brillar!

—¡Aventuras mágicas! —exclamó Layla—. ¡¡¡Bieeennn!!!

—No tenemos prisa, papá, de verdad. Mira, ya hemos acabado… ¡Aaahhh! —dijo Lis abriendo mucho la boca para que su padre viera que decía la verdad.

—¡Lis! —gritó Álex, que se partía de risa con las ocurrencias de su hija—. Cierra la boca, casi puedo ver tu estómago desde aquí.

—¿Adónde vamos a ir, mamá? —preguntó Lis—. ¿A una isla desierta? ¿A la luna? ¿Volvemos al bosque mágico?

—Enseguida lo verás —contestó Patry guiñándole un ojo—. Venga, todos a recoger la cocina, que la llave debe de estar esperando que la encon-
tremos.

Y así, entre bocados, besos, risas y juegos, recogieron el desayuno y
fregaron los platos en un periquete. Con la cocina ordenada y reluciente,
toda la familia estaba más que lista para encontrar la llave y empezar una
nueva aventura.

—¡Aplauso al cocinero! —exclamó, como era costumbre, Patry—. ¡Gracias por el desayuno más delicioso del mundo!

—¡¡¡Sí!!! —gritaron las niñas—. ¡Gracias por el desayuno, papi!

—Gracias, muchas gracias, mi querido público —bromeó Álex haciendo
reverencias.

* * *

Supongo que todos os acordáis de lo que son las llaves mágicas, ¿verdad?
Esas llaves traviesas y juguetonas que abren puertas imposibles y que se
ponen a brillar de emoción cuando Patry vuelve a casa con una de sus
ideas locas. Seguro que también recordáis que a las llaves mágicas les gusta jugar al escondite antes de empezar una nueva aventura y que, cuanto
más escondidas están, cuanto más difícil resulta encontrarlas…, más y más
alucinante será la aventura. Bueno, pues aquel día, parecía que la llave se
había esfumado, no había manera de encontrarla por ninguna parte y las
niñas empezaban a desesperarse.

—Mamáááá, papááá… No puedo mááás… Esto es muy aburridooo… —se quejó Lis.

—¿La llave se ha ido? —preguntó Layla con una lagrimita asomándole a los ojos.

Las pequeñas habían buscado por todas partes: el salón, la cocina, los dormitorios, la terraza… ¡Y ni rastro de la llave mágica! Empezaban a pensar que la llave se había ido para siempre de su casa y que nunca más volverían a viajar a lugares lejanos e imposibles. Lis y Layla estaban a punto de echarse a llorar desconsoladamente.

—Un poco de tranquilidad, ¡que no cunda el pánico! —bromeó Patry—. Vamos a tomarnos un momento para sentarnos, hacer un par de respiraciones y dejar que vuelva la calma. Con la cabeza llena de nervios no se pueden tener pensamientos positivos.

Así lo hicieron. Un poco a regañadientes, las niñas se sentaron junto a sus padres en la alfombra del salón y trataron de respirar como Patry les había enseñado. Mientras las pequeñas se iban tranquilizando poco a poco, su madre empezó a hablar.

—Vamos a ver, pensemos, ¿alguien ha buscado en la cocina?

—Sí, yo —contestó Lis.

—¿Y en las habitaciones?

—Layla y yo las hemos revisado todas —aseguró Álex.

—Y yo he buscado en el salón y en la terraza… Mmmm, ¿qué nos falta?

—El lavabo —dijo muy segura Layla.

—¿Nadie ha mirado en el lavabo? —preguntó Patry.

—Yo he ido al lavabo a buscar la llave, pero me han entrado muchas ganas de hacer pis y me he sentado en la taza y luego he oído a Layla que estaba a punto de llorar y he salido corriendo y se me ha olvidado mirar... —explicó Lis un poco avergonzada.

—No pasa nada, cariño. ¡Misterio resuelto! —exclamó Álex—. ¡Todos al cuarto de baño! ¡El primero que encuentre la llave, abre la...!

Aún no había acabado de decir la frase cuando Lis y Layla ya habían salido disparadas escaleras arriba, veloces como el viento, ¡las dos querían abrir la puerta mágica!

En el momento en que Patry y Álex entraron en el lavabo, vieron a Lis, muy sonriente, sosteniendo un objeto brillante en la mano.

—¡Y también he encontrado la puerta! —dijo muy orgullosa—. ¡Mirad!

La ducha del cuarto de baño, por lo general, era de lo más normal y corriente: el plato de ducha, la mampara para que no se llenara todo de agua, el grifo, la alcachofa, los champús y las esponjas…, lo habitual. Pero esta vez, Lis señalaba la mampara, ¡le había salido una cerradura!

—Pues tendremos que apretujarnos mucho ahí dentro —bromeó Álex, abrazando con fuerza a las niñas—. Seguro que la aventura valdrá la pena. Por cierto…, ¿adónde vamos?

—¡Directos al estómago! —soltó Patry.

—¡Qué guay! ¡Es superrepugnante! —exclamó Lis haciendo una mueca de asco mientras hacía girar la llave en la cerradura.

* * *

En el interior de la ducha, ya nada era normal y corriente, más bien al contrario, ¡era el sitio más alucinante, increíble y asqueroso que habían visto en su vida! Lis y Layla no podían disimular su alegría, estaban felices como perdices.

—¡Buah! ¡Este sitio es genial! Verás cuando lo cuente en el cole —dijo Lis, tocando las paredes blanditas y rosadas—. ¿Dónde estamos, papá?

—Diría que es la boca. Mira, ¿ves los dientes y las muelas? Creo que ahí hay una caries.

Efectivamente, toda la familia estaba en el interior de una inmensa boca, con su lengua y sus dientes y, por lo visto, alguna que otra caries.

—Ah, pues eso es que no se lava bien los dientes… o que come demasiado azúcar, ¿verdad, papá?

—Pues sí. Tendrá que ir al dentista y, si quiere comer dulces, mejor que sean hechos en casa… ¡Hay que aprender a cocinar!

—¿Queréis ver adónde va la comida cuando nos la tragamos? —preguntó Patry.

—¡Sí! ¡Claro que sí! —respondieron a coro las niñas.

—Pues preparaos para tiraros por un tobogán. ¡Seguidme! —gritó Patry corriendo hacia una especie de cueva que se abría al fondo de la boca.

—Eso es la garganta —explicó Álex—. Bajaremos por un tubo que se llama esófago y aterrizaremos directamente en el estómago.

Dicho y hecho. Patry, Álex, Layla y Lis se deslizaron a toda velocidad por el esófago, que, tal y como había dicho Patry, parecía un tobogán blandito. No tardaron mucho en aterrizar en lo que parecía ser una habitación enorme, de paredes mullidas y repleta de seres extrañísimos.

—¡Bienvenidas al estómago! —anunció Álex.

—¡Hala! ¿Esto es el estómago? —preguntó Lis, entre sorprendida y emocionada—. ¿Esto es lo que tengo dentro de la tripa? ¿Esto es lo que me duele cuando como demasiado deprisa? ¿Esto es lo que se hincha cuando bebo mucha agua? ¿Esto es…?

—Caramba, caramba… Una niña curiosa con un montón de preguntas… —saludó una voz amable—. A ver si podemos contestarlas todas.

Las niñas se giraron para ver de dónde provenía la voz. Una mujer regordeta, con el cabello blanco recogido en un moño, las miraba a través de sus

gafas con una expresión divertida en la cara. Parecía muy mayor y a la vez muy joven. Sostenía una carpeta entre las manos a la que daba golpecitos con un boli, como si estuviera esperando algo o tuviera mucha prisa.

—¡Señora Digestión! —saludó Álex—. ¡Cuánto tiempo sin verla! ¿Cómo va todo?

—Pues aquí estoy…, muy atareada, como siempre, ¡qué te voy a contar! —contestó la señora Digestión con tono resignado—. ¡Esto es un no parar! Después de dos millones de años, aún no habéis aprendido a comer. ¡Inconcebible!

—Bueno, bueno, no exagere… —dijo Álex, sonriendo—. Algunos hemos hecho muchos progresos en lo que se refiere a la comida.

—¡Yo como muy bien! Siempre mastico mucho —protestó Layla, algo enfadada, pues le parecía que aquella señora estaba riñendo a su padre.

—Lo sé, lo sé, preciosa. Os tengo controladas. Sois Lis y Layla, ¿verdad? —dijo mientras consultaba su carpeta—. Veamos… Sí, aquí estáis. Razonablemente bien. Lis tuvo una gastroenteritis hace unos meses con resultado de dolor de barriga y vomitona nocturna. Debió de ser un virus, la alimentación es correcta.

—Papá cocina muy bien y mamá también —aseguró Lis—. Y nosotras comemos mucha fruta y muy pocos dulces y también mucha verdura y…

—¡Será posible! ¿Ya están estos otra vez por aquí? ¡Inconcebible! —interrumpió la señora Digestión—. ¡Alerta roja!

De repente habían aterrizado en el estómago un montón de seres pequeñitos, parecidos a terrones de azúcar, patatas de bolsa, rebozados… Tenían un aspecto muy antipático y algunos incluso daban un poco de miedo. Layla se escondió detrás de su padre, no le hacían ninguna gracia esas cosas raras que habían bajado por el tobogán. Y, al parecer, la señora Digestión tampoco les tenía mucha simpatía, porque empezó a caminar de un lado a otro del estómago moviendo los brazos y dando órdenes a unos hombrecitos vestidos con monos de colores. En un visto y no visto, montaron dos extrañas máquinas, cada una de un color, y corrieron intentando atrapar a los seres antipáticos para meterlos dentro de las máquinas.

—Eso es, queridos, muy bien —animó la señora Digestión—. Cada uno en su máquina. Deprisa. No podemos permitirnos ningún error.

—¿Qué está pasando, papá? —preguntó Lis—. ¿Por qué están todos tan nerviosos?

—¿Recuerdas que siempre te digo que hay alimentos buenos y alimentos malos? ¿Y que de los malos tenemos que comer poco o nada? —empezó a explicar Álex—. Pues acaban de llegar un montón de alimentos malos. Muchos, muchísimos. Demasiados.

—Así es. Parece que alguien se ha dado un buen atracón —confirmó la señora Digestión—. Ahora debemos separar cada alimento y meterlo en su respectiva máquina, de esta manera podremos deshacerlos para que el cuerpo coja los nutrientes y expulse el resto. De todas maneras, pocos nutrientes hay aquí, la verdad.

—¿Qué son nutrientes? —preguntó Layla, todavía escondida detrás de su padre.

—Son las vitaminas, los minerales…, la energía que tienen los alimentos y que nuestro cuerpo necesita para funcionar correctamente —explicó Patry—. Los alimentos buenos tienen muchos nutrientes y los alimentos malos…

—¡Pocos nutrientes! —exclamó Layla, que ya lo había entendido y quería que se notara.

—Eso es, muy bien. Una chica lista —la felicitó la señora Digestión—. ¿Os atrevéis a ayudarnos con las máquinas?

—¡Yo sí, yo sí! —gritó enseguida Lis, echando a correr para atrapar a alguno de los pequeños seres antipáticos.

—¡Cada uno en su máquina, querida! —advirtió la señora Digestión.

A Lis se le dio de maravilla eso de cazar alimentos malos. Le pareció que era como jugar a un videojuego de esos antiguos. Enseguida aprendió que los azúcares iban en la máquina blanca y las grasas en la amarilla. Se estaba divirtiendo de lo lindo cuando, de repente, una de las máquinas empezó a temblar y a hacer ruidos rarísimos.

—Oh, oh. ¡Señora Digestión! —llamó Lis—. Me parece que algo no va bien… Creo que su máquina se ha roto.

—Déjame ver… Mmm, sí, me lo temía —murmuró la señora Digestión mientras levantaba una de las tapas—. Queridos, a ver si podéis arreglarla… Si no, tendremos un problema serio.

—¿He hecho algo mal? —preguntó Lis, un poco preocupada.

—¡Oh no, querida! En absoluto —la tranquilizó la señora Digestión—. Es que han llegado demasiados alimentos a la vez y todos malos. Cuesta

mucho deshacerlos. No es la primera vez que se nos estropea una de las máquinas.

—¿Y qué pasa cuando se rompe una máquina? —preguntó Lis.

—Bueno…, pues… Entonces, como no podemos deshacer los alimentos, pues tienen que salir enteros por algún lado… Ejem, ya sabes.

—Pues no, no lo entiendo —insistió Lis.

—O por arriba o por abajo —dijo la señora Digestión, un poco azorada.

—¡Ah, vale! O vomitas o tienes cagarrinas —rio Lis.

—Eso es, eso es —asintió aliviada. Por alguna razón, a la señora Digestión no le gustaba nada pronunciar la palabra «cagarrinas».

Mientras hablaban, los hombrecitos con monos de colores seguían trabajando con ahínco intentando reparar la máquina, pero, al parecer, los alimentos malos se habían quedado atascados. Un humo negro empezó a salir del motor y la máquina empezó a temblar más y más deprisa, como si estuviera a punto de estallar.

—Álex, Patry, queridos, esto se está poniendo feo… —advirtió la señora Digestión—. Creo que será mejor que volváis a casa.

—Pero la puerta está arriba, en la boca —dijo Layla—. ¿Cómo vamos a subir por el tobogán? No se puede subir por un tobogán.

—Esto es el estómago, querida, y yo soy la señora Digestión. Aquí todos me obedecen, incluso las llaves mágicas —afirmó, muy orgullosa, señalando una puerta que había aparecido de repente en una de las paredes del estómago—. Tenéis la llave, ¿verdad?

—Sí, sí. ¡La tengo yo! —exclamó Lis enseñando la llave.

—Ha sido un placer volver a verla —se despidió Álex—. Espero que no le demos demasiado trabajo.

—Nos portaremos muy bien. Comeremos solo alimentos buenos —aseguró Layla.

—Deprisa, niñas. La máquina está a punto de estallar —advirtió Patry—. Muchas gracias por todo, señora Digestión.

—Hasta pronto, queridas. Os deseo que crezcáis alegres y felices.

* * *

Aquella noche, Lis y Layla cenaron un plato de verduras. No querían que las máquinas de sus estómagos explotaran y habían decidido comer solo alimentos buenos. Solo una cosa las tenía algo preocupadas.

—Mamá, papá, ¿los helados son alimentos malos? ¿No podremos comer nunca jamás helados?

—Claro que podréis comer helados —contestó Álex—. Se puede comer de todo, lo importante es no pasarse. Un helado o una pizza de vez en cuando no le hace daño a nadie. ¡La señora Digestión podrá con ellos! Y ahora, buenas noches, mis princesas. Os quiero infinito a las dos.

—Buenas noches, princesas —dijo Patry—. Y recordad: mañana será un día maravilloso, una tarde maravillosa, una semana increíble y no me voy a olvidar de sonreír.

Hoy vamos a aprender a soñar

Las mañanas de lluvia, cuando el sol se esconde detrás de las nubes y no apetece salir de casa, Patry extiende su esterilla de yoga en la terraza para hacer allí sus ejercicios matinales. El sonido de las gotas al caer sobre las hojas la ayuda a calmarse. Patry lo llama la música de la lluvia. Y aquella mañana, la melodía era especialmente bonita.

Patry cerró los ojos, se concentró aún más en la respiración y comenzó su rutina de ejercicios. Poco a poco fue sintiendo esa calma que le daba el yoga y que tanto la confortaba. Al terminar, acercó las manos al pecho y, como de costumbre, susurró «Namasté»: gracias.

Patry se quedó sentada un rato más mirando absorta las gotas de lluvia y su mente empezó a viajar de un pensamiento a otro. Pensó primero en el viento que movía las ramas de los árboles y en las nubes cargadas de agua, luego en las estrellas que brillan en el cielo aunque de día no las podamos ver, después se preguntó cómo se veía el cielo desde el fondo del mar y en cómo se veía el mar desde el cielo y en lo bonito que sería averiguarlo... y, entonces, apareció una de sus ideas locas: «Cuando crees en ti, los sueños se hacen realidad».

Patry abrió los ojos y sonrió. Estaba segura de que, escondida en algún rincón de la casa, la llave mágica había empezado a brillar. Una nueva aventura estaba a punto de comenzar y, esta vez, parecía que iba a ser real-

mente fantástica. Recogió sus cosas, le dio las gracias a la lluvia y entró en casa. Seguro que Álex y las niñas la estarían esperando para desayunar y saltarían de alegría cuando les contara a dónde iban a viajar.

* * *

—¡Buenos días, amor! *Buongiorno, prin...!* —empezó a decir Patry—. Pero bueno..., ¿dónde están las niñas?

Álex estaba ocupado preparando su habitual desayuno superpositivo, megaenergético y arrancasonrisas, pero ni rastro de Lis y Layla.

—Hoy se les han pegado las sábanas —explicó Álex con un beso—. Parece que están especialmente perezosas, ahora iba a subir a ver si consigo sacarlas de la cama.

—Voy yo —se ofreció Patry—. Traigo una nueva aventura... Si eso no las hace levantarse de un salto...

—¡Genial! ¿Adónde vamos esta vez?

—Ya lo verás... —contestó, misteriosa, Patry.

Efectivamente, las niñas estaban muy pero que muy perezosas. Acurrucadas juntas en la cama de Lis, se entretenían leyendo cuentos, mirando la lluvia golpear la ventana y jugando con sus peluches.

—Pero bueno, ¿será posible? —dijo Patry lanzándose encima de la cama para achuchar a sus hijas—. ¿Se puede saber por qué estáis tan vagas hoy?

—¡Mami! —exclamaron las dos a la vez—. No estamos vagas, es que está lloviendo.

—Sí, efectivamente, cierto, sí, ya lo veo… ¿y? —preguntó Patry entre risas y besos—. ¿Eso significa que vais a quedaros aquí todo el día?

—Pues sí —afirmó, muy seria, Layla—. Cuando llueve hay que quedarse en la cama, ¿no lo sabías?

—Ah, pues no, no lo sabía —bromeó Patry—. ¿Y eso por qué?

—Porque si sales, te mojas y entonces coges un resfriado y tienes fiebre y tienes que meterte en la cama. Así que es mejor quedarte en ella, pero sin los mocos y sin la fiebre.

—Muy lógico, sí, claro. —A Patry le encantaba la manera que tenía Layla de unir las ideas—. Pues es una pena, porque la llave mágica ha empezado a brillar.

Patry esperaba que las niñas saltaran de la cama gritando: «¡¡¡Aventuras mágicas!!!», y haciendo miles de preguntas..., pero no, aquella mañana parecía que las pequeñas no tenían ganas de nada. Patry no pudo evitar preocuparse un poco, a lo mejor estaban enfermas. Les puso primero la mano y luego los labios sobre la frente para comprobar la temperatura, pero no, no era fiebre, era solo pereza.

—Bueeeno... —dijo Lis—. Igual por la tarde, cuando deje de llover...

—De eso nada, monada —contestó Patry, poniéndose medio seria (solo medio seria, pues el asunto no era tan grave como para ponerse seria del todo)—. Vamos a desayunar todos juntos y luego decidimos qué hacer. Me parece bien que no queráis usar la llave, pero quiero asegurarme de que luego no os arrepentiréis. Además, ¿qué es eso de pasarse el día entero en la cama? ¡Con la de cosas que se pueden hacer los días de lluvia!

Lis y Layla obedecieron sin protestar demasiado. No querían que su madre se pusiera seria del todo, además, a las dos les había entrado de repente un hambre de lobo.

—*¡Buongiorno, principesse!* —las saludó Álex, que ya tenía el desayuno en la mesa.

—Buenos días, papá —contestaron Lis y Layla lanzándose sobre el zumo de naranja y las tostadas—. Mamá dice que la llave está brillando y que nos vamos de aventuras mágicas.

—Sí, pero como vosotras no queréis ir, pues nos quedaremos en casa y... —les recordó Patry.

—¡Sí que queremooooossss! —interrumpió Lis—. Ahora que ya nos hemos levantado, pues sí que queremos.

—¿Ya habéis cambiado de opinión? Pues vaya… —dijo Patry—. No sé, no sé… Lo mismo volvéis a cambiar de idea en cinco minutos…

—¡No, no, no! De verdad de la buena que no —aseguró Layla—. Queremos ir de aventuras mágicas.

—Se me ocurre una cosa —intervino Álex—. Para demostrar que realmente queréis ir, yo digo que mamá os proponga un reto y si conseguís superarlo, entonces nos vamos de aventuras. Y como estoy seguro de que lo lograréis, mientras tanto, yo buscaré la llave. ¿Qué os parece?

—No sé yo… —murmuró Patry haciéndose la medio enfadada. En realidad, la idea de Álex le había parecido más que estupenda.

—Sí, sí, porfa, sí, mamá —pidieron las niñas.

—¡De acuerdo! —dijo Patry—. Pero primero, ¡a desayunar!

Y así, entre medios enfados, risas y besos, acabaron el desayuno y las niñas se prepararon para superar los retos de su madre. Pero antes de eso…

—¡Aplauso al cocinero! —propuso Patry—. ¡Gracias por un suculento desayuno!

—¡¡¡Sí!!! —gritaron a coro las niñas—. ¡Gracias por el desayuno, papi!

—Gracias, gracias, muchas gracias —contestó Álex haciendo una de sus reverencias exageradas.

*　*　*

Mientras Álex buscaba la llave, Patry apartó los muebles del salón y colocó tres esterillas en el suelo. Ya había decidido cuál iba a ser el reto para las niñas. Era muy sencillo, aunque sabiendo lo inquietas y polvorillas que eran sus hijas, imaginaba que iban a protestar un poquito. Patry se sentó en una de las esterillas y pidió a Lis y Layla que se sentaran delante de ella.

—Muy bien. Para superar este desafío, debéis sentaros en la postura del loto, quedaros así quietas durante cinco minutos y…

—¡¡¡Cinco minutos!!! —se quejó Lis—. ¡Pero eso es muchísimo rato!

—¿Cuánto duran cinco minutos? —preguntó Layla, que aún no tenía muy claro eso de los minutos.

—Menos de lo que tardas en vestirte y más de lo que tardas en lavarte los dientes —contestó Patry, sonriendo.

—Ah, vale. Está chupado —afirmó muy segura Layla.

—¡Qué va! ¡Es mucho rato! No vamos a poder —siguió protestando Lis.

—Lo más difícil de este reto —explicó Patry— no es quedarse quietas cinco minutos. Lo más difícil es que durante ese tiempo tenéis que estar pensando en la pregunta que os voy a hacer y, cuando acabéis, tenéis que decirme la respuesta.

—Chupado —dijo Layla.

—Mmm… ¿Cuál es la pregunta? —dijo Lis, sospechando que había gato encerrado.

—¿Qué deseo te gustaría que hoy se hiciera realidad? —preguntó Patry.

—¡Uala! Eso es fácil: tener un unicornio, montar en globo, bañarme con delfines, conocer a una tortuga gigante...

Lis y Layla empezaron a hablar y parecía que nada podría pararlas. Las niñas estaban tan emocionadas pensando en todas las cosas que les gustaría que se hicieran realidad que habían olvidado el desafío de su madre.

—Muy bien, muy bien, es genial que tengáis tantos deseos —las interrumpió Patry—, pero quiero solamente una respuesta. ¿Recordáis la postura del loto? Cerrad los ojos, respirad profundamente..., allá vamos.

Y Patry empezó a guiar a las niñas. ¡Ah!, ¿que a ti también te gustaría probar? Pues se hace así:

Siéntate en el suelo, con las piernas cruzadas y la espalda recta, junta las palmas de las manos al centro del pecho, con el dedo pulgar tocando tu corazón. Coge aire y lentamente sube los brazos por encima de la cabeza. Saluda al cielo como si quisieras llegar a él y tocarlo. Di: «¡Hola, sol!, ¡hola, nubes!»

Ahora, suelta el aire y baja lentamente los brazos. Descansa unos segundos y repite el movimiento.

Los minutos fueron pasando y, para sorpresa de Patry, las niñas seguían con los ojos cerrados, superconcentradas, buscando la respuesta a la curiosa pregunta de su madre.

—Y ahora, ya podéis abrir los ojos y respirar profundamente, muy bien... —las despertó Patry—. ¿Tenéis una respuesta?

—A mí me han salido tres deseos..., no sé cuál escoger —dijo Lis.

—Yo tengo cinco... Es que todos son muy importantes... —dijo Layla.

—Pues yo he encontrado la llave y la puerta —interrumpió Álex, entrando en el salón—. ¿Estáis listas?

Patry suspiró. Aunque las niñas no habían sido capaces de escoger un único deseo, se habían esforzado mucho y ese esfuerzo merecía una recompensa.

—De acuerdo —concedió Patry—. Nos vamos. Más tarde volveremos a intentarlo.

* * *

En esta ocasión, la puerta mágica no apareció en la nevera, ni en la bañera, ni en ningún sitio extraño. Esta vez había elegido el armario de la entrada, donde guardaban las chaquetas, los zapatos y los paraguas. Las niñas estaban un poco decepcionadas, pues temían que, si la puerta mágica no aparecía en un sitio sorprendente, la aventura no sería tan tan mágica. Pero cuando Álex abrió la puerta...

—¡Uala! —exclamó Lis—. Es el sitio más bonito que he visto en mi vida.

Habían entrado en una enorme sala con el suelo de madera oscura y lo que parecían paredes de cristal. Alrededor de la habitación se podían ver galaxias, estrellas y planetas flotando en un espacio infinito. En la sala crecían árboles de colores que le daban un aspecto mágico. En un rincón, un grupo de extraños seres observaba con cierto aire de preocupación una especie de mancha negra inmensa en el cielo. Al ver a Patry, Álex y las niñas, uno de aquellos curiosos personajes soltó un grito de sorpresa y se acercó a ellos dando graciosos saltitos.

—¡Por fin habéis llegado! —exclamó—. ¡Os estábamos esperando! Tenemos que arreglar este desastre… ¡Estamos dejando de brillar!

—¿Y tú qué eres? —preguntó, curiosa, Layla.

—Me llamo Celeste y soy una estrella —contestó con voz triste—. Soy la encargada de mantener a todas las estrellas del cielo brillantes y ordenadas, pero… algo extraño sucede y nos estamos apagando.

—¡Pero eso es horripilante! —gritó Lis—. Si las estrellas se apagan…, ¿quién va a escuchar nuestros deseos? ¡Se van a perder todos los deseos y no se pueden perder! ¡Los deseos se desean para que se hagan realidad!

—Es horripilante, sí —asintió Celeste con una lagrimita asomando en sus ojos de estrella—. Y no sé qué hacer para evitarlo, por eso le he pedido a la llave mágica que os trajera aquí. Necesitamos vuestra ayuda.

—¡Claro que os ayudaremos! —exclamó, rápida, Lis—. ¿Verdad que sí, mamá? ¿Verdad que sí, papá?

—¡Por supuesto que sí! —contestó enseguida Álex—. Pero ¿qué podemos hacer nosotros?

—Os he estado observando —dijo Celeste—. He visto que sabéis respirar de una manera especial y concentraros para pedir deseos. Entonces, se me ocurrió que, a lo mejor, podéis enseñarnos vuestro truco. Tal vez así logremos volver a brillar.

—En realidad no hay ningún truco, solo se necesita un poco de práctica... —explicó Patry—. Os ayudaremos encantados, claro que sí. Necesitaremos esterillas, almohadones, música relajante...

—Me queda un poco de brillo... Creo que podré ayudar con eso —dijo Celeste.

Como ya te habrás dado cuenta, las estrellas, cuando brillan, son mágicas y muy capaces de cumplir cualquier deseo, así que, mientras Patry hablaba, Celeste chasqueaba los dedos y en la sala iba apareciendo todo lo necesario para una clase de yoga realmente especial. En menos de lo que se tarda en decir «el cielo está estrellado, ¿quién lo desestrellará? El que lo desestrelle, buen desestrellador será», Lis, Layla, Álex y las estrellas estaban sentados esperando a que Patry comenzara la clase.

—El objetivo de este juego es encontrar la respuesta a una pregunta —explicó Patry—. Mientras estéis concentrados en el yoga quiero que dejéis que vuestro pensamiento vuele libre y os traiga la respuesta, ¿entendido? Bien, la pregunta es: «¿Qué deseo me gustaría que hoy se hiciera realidad?».

Patry les explicó cuatro posturas de yoga: la vaca y el gato, el perro boca abajo y el bebé.

Postura de la vaca y el gato:

· Colócate a cuatro patas.

· Coge aire por la nariz mientras levantas la cabeza y arqueas la espalda. Ahora imita el sonido de una vaca: ¡muuu…!

· Al soltar el aire, acerca la barbilla al pecho y redondea la espalda como un gato enfadado. Ahora imita el sonido de un gato: ¡miauuu…, grrr!

· Repite las dos posturas juntas cinco veces.

Postura del perro boca abajo:

· Colócate a cuatro patas. Coge aire y, al soltarlo, lleva tus caderas arriba y atrás para formar una pirámide con tu cuerpo estirando las piernas y los brazos.

· Relaja la cabeza, empuja fuerte el suelo con las manos y los pies. Aguanta cinco segundos.

· Vuelve a apoyar las rodillas en el suelo y descansa. Repite la postura cinco veces.

Postura del bebé:

· Siéntate sobre los talones como un bebé y baja la cabeza lentamente hasta tocar el suelo.

· Coloca los brazos al lado del cuerpo, deslizando las manos hacia los pies. Respira profundamente. Mantente en esta posición de 30 a 60 segundos.

· Al terminar, levántate muy despacio, incorporando el cuerpo empezando por la parte más baja de la espalda hasta la cabeza.

Todos en la sala siguieron al pie de la letra las instrucciones de Patry. Aunque a algunas de las estrellas les costaba mantener la postura, se notaba que se esforzaban por hacerlo bien. Patry casi podía ver los deseos de todos flotando en el aire, acompañando a la música. No pudo evitar sonreír, era la sesión de yoga más extraña y sorprendente que jamás había visto. Pasado un rato, decidió que era el momento de terminar, no quería que sus alumnos se agobiaran en su primera clase.

—Ya podéis sentaros de nuevo e ir abriendo poco a poco los ojos —anunció con voz suave—. Lo habéis hecho muy bien, felicidades a todos. Y lo más importante: ¿tenéis una respuesta a mi pregunta?

—¡Yo sí! —se apresuró a decir Lis levantando la mano—. Yo he deseado que las estrellas vuelvan a brillar.

—Por los anillos de Saturno, ¡yo he deseado lo mismo! —se extrañó Celeste.

La sala se llenó de murmullos de sorpresa, al parecer, todos habían deseado lo mismo; bueno, todos menos Layla.

—Yo he deseado acariciar un tigre —murmuró en voz baja Layla. Le daba un poco de vergüenza no haber deseado lo mismo que todos los demás.

—Eso está muy bien, cariño —dijo Álex dándole un beso—. No tienes que sentirte culpable. Cada uno de nosotros tiene sus propios sueños y deseos.

—¿Y cuándo sabremos que los deseos se han cumplido? —preguntó Lis.

—Me parece que no hará falta esperar mucho... ¡Mirad! —contestó Celeste señalando el lugar donde estaba la mancha negra—. Las estrellas vuelven a brillar.

Efectivamente, ya no había ninguna mancha negra. En su lugar, un montón de estrellas centelleaban alegres en el cielo, parecían felices por haber recuperado su brillo.

Celeste estaba tan contenta que ella también empezó a resplandecer cada vez más.

—Uy, uy, uy... ¡Me parece que todas nos vamos a poner a brillar muchísimo! —explicó—. Será mejor que volváis a casa. Pero sería maravilloso que nos visitarais de vez en cuando para seguir enseñándonos.

—¡Claro que sí! —exclamó Patry—. Será un placer volver a este lugar, ¿verdad, niñas?

—¡Sííí! —contestaron a la vez Lis y Layla.

—Y no olvidéis darnos las buenas noches antes de meteros en la cama —añadió Celeste, dando un gran abrazo de estrella a las pequeñas—. Muchas gracias por vuestra ayuda. Os deseo que crezcáis alegres y felices.

* * *

Aquella noche, después de cenar, lavarse los dientes y ponerse el pijama, Lis se asomó a la ventana de su habitación buscando a Celeste y a las demás estrellas.

—Mamá, ¿cuál de ellas es Celeste? —preguntó Lis—. ¿Crees que nos está mirando?

—¡Mamá, papá! ¡Mamá, papá! ¡Mamá, papá! —gritó Layla entrando a toda velocidad—. ¡Mirad!

La pequeña llevaba en los brazos un enorme tigre de peluche, casi casi tan grande como ella.

—Lo he encontrado encima de mi cama. ¡Es mi deseo! ¡Se ha cumplido!

Patry, Álex y las niñas se asomaron a la ventana para darle las gracias a Celeste y les pareció que, en lo alto del cielo, justo al lado de la luna, una de las estrellas les hacía un guiño cómplice y alegre.

—Y ahora a dormir —dijo Álex cubriendo de besos a sus hijas—. Felices sueños, princesas.

—Buenas noches, princesas —deseó Patry—. Y recordad: mañana será un día maravilloso, una tarde maravillosa, una semana increíble y no me voy a olvidar de sonreír.

Más ideas para una vida sana

Besos y vitaminas

Las vitaminas son indispensables para estar sanos, pues se encargan del funcionamiento de nuestro cuerpo y son necesarias para su correcto crecimiento y desarrollo. Para obtenerlas es fundamental que nuestra dieta incluya muchos productos que provengan directamente de la naturaleza: frutas, verduras, cereales, semillas, leche, carne... De ellos obtenemos todas las vitaminas que necesitamos para que nuestro cuerpo se cargue de energía. A veces nos olvidamos, pero también es importante tomar las vitaminas que nos dan los rayos del sol: son una buena carga de energía, casi tan importante como la energía que nos dan los BESOS.

la postura del árbol: conexión con la naturaleza

Sería ideal dedicar un momento de cada día a sentir conscientemente nuestro cuerpo. Cada parte del mismo cumple una función. Cierra los ojos, presta atención a tu respiración y observa cómo te sientes. Para ayudarte en la concentración puedes realizar una postura de yoga: la postura del árbol, que representa el enraizamiento y la conexión con la naturaleza. Ponte

de pie con los brazos estirados a los lados del cuerpo y dirige la mirada a un punto fijo. Coloca la planta de un pie en la cara interna de la otra pierna a la altura del tobillo para que sea más fácil mantener el equilibrio. Levanta los brazos hacia el cielo. Mantente así durante unos segundos. Visualiza la imagen de un árbol de fuertes raíces —tus pies, que te unen a la tierra— y firmes ramas —tus brazos— que crecen hacia el cielo. Siente la conexión con la naturaleza. Es importante concedernos un instante cada día para sentirlo así.

Dar las gracias

A veces, es necesario hacer el ejercicio de parar por un instante y pensar en las cosas que hacen por nosotros los que nos rodean. Dar las gracias hará que la otra persona se sienta reconocida y feliz. Para nosotros habrá una doble recompensa: por una parte, obtendremos una dosis de bienestar en el hecho de concedernos un momento de pausa; por otra parte, nos sentiremos bien con nosotros mismos por haber hecho feliz a otro.

Retos de cinco minutos

Una de las mejores maneras de sentirse contento con uno mismo es la de ponerse retos. El tamaño del reto no importa; lo que importa es que lo cumplas, y si puedes, que tomes nota de ello.

Aquí hay algunas ideas que solo nos llevarán cinco minutos al día:

- Dedica cinco minutos cada día a respirar conscientemente.

- Cierra los ojos durante cinco minutos y simplemente escucha.

- Coge un papel en blanco, un lápiz, y abre un libro. Dibuja la primera palabra que leas.

- Activa tu cuerpo durante cinco minutos: salta a la cuerda, gira sobre ti mismo, baila.

- Mira al cielo fijamente durante cinco minutos. Está ahí arriba siempre y con facilidad lo olvidamos. Si lo miras cada día a la misma hora, descubrirás cosas fascinantes.

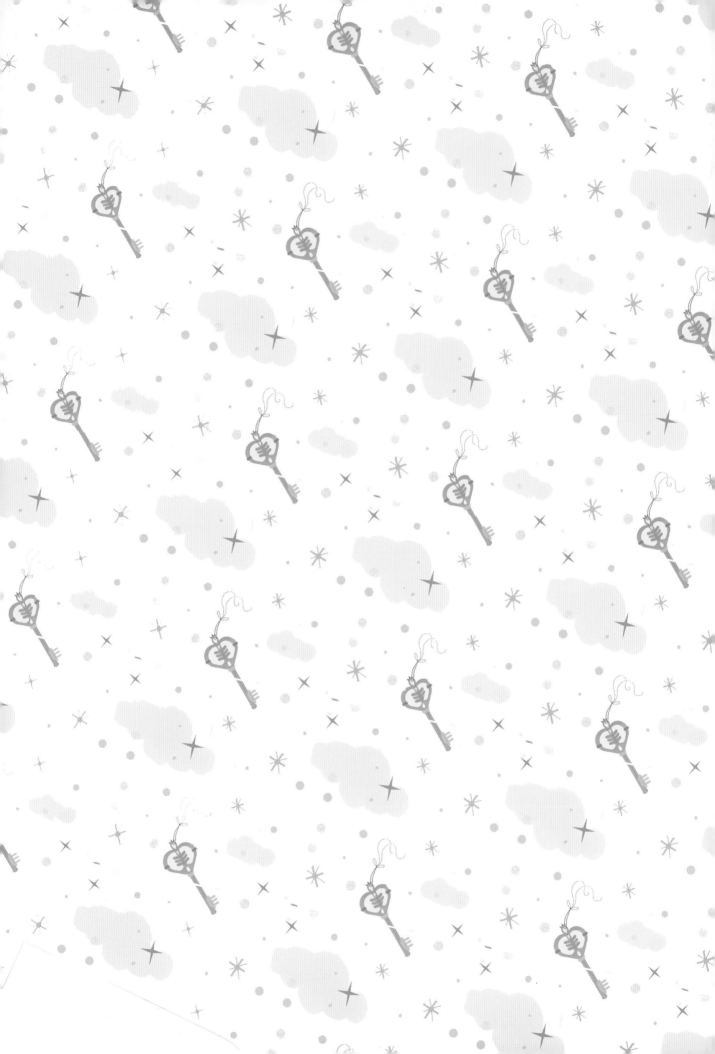